KB074795

설용수 시집

아름다운 사람들

방탄과 아미

도서출판 지식나무

머리말

저는 70세, 할머니 아미입니다. 성덕이 된 건 어느 날 들려온 소식 덕이었어요.

-방탄소년단이 웸블리에서 공연한대.

-비틀즈와 퀸이 열창했던 그 무대에서?

'맙소사! 방탄이 대체 무슨 일을 해 낸 거야?'

그때부터 미친 듯이 그들의 이야기를 찾아다녔습니다. 신문기사, 유튜-브, 카페 등에서 닥치는 대로 방탄과 아미에 대한 뉴스와 댓글들을 읽었어요. 시간이 흐를수록 그들의 사랑스럽고 대견하기 짝이 없는, 그 신통방통한 이야기들이 어찌나 제 가슴을 크게 울리던지요!

그래서 썼습니다. 눈도, 어깨도, 허리도 아팠지만 온종일 컴퓨터에 매달렸어요. 처음엔 '이 글을 출간해도 괜찮을까?' 망설였고 용기를 냈을 땐 코로나가 겹쳤습니다. 하지만 이제 더는 미룰 수 없다는 생각이 들었어요. 그 사이 탄이들의 해체와 맏형 진의 입대 소식이

들려왔으니까요.

그래서 다시 용기를 냈습니다. 아무리 세월이 흘러도 '아름다운 사람들, 방탄과 아미'들의 행적이 바뀌지는 않을 테니까요. 부족한 글이지만 즐겁게 읽고 깊게 공감해 줄 독자들께 드리고 싶습니다. 또한 제 글이 가수와 팬들의 이야기로만 머물지 않기를 바랍니다. 그들의 발자취엔 영원히 사라지지 않을 꿈과 희망과 교훈이 가득, 듬뿍, 소중히 담겨 있으니까요.

좋은 책을 만들어주신 지식나무출판사 대표님과 그림작가 이채언님 그리고 성원을 보내주신 많은 분들께 감사드립니다. 특히 제게 영감을 준 탄이들과 아미들, 소속사의 여러분들 진심으로 사랑합니다!!!

2023년 2월, 작가 설용수

목차

방탄 편

아미 편

방탄 편

*진

자, 이제 커튼콜 시간이다.

군필콜 ㄷㄷ;;

1. 알을 품다

엄마가 아니라

아빠가 품었다.

가슴 가득

일곱 개의 알을!

배가 고파도

먹이는 없다.

비바람 몰아쳐도

우산조차 없다.

어쩌다

곡식 몇 톨 생기면

얼른 챙겨들고

다시 알을 품는 아빠

밤마다

달님, 별님 보며

마음을 다졌다.

-내 새끼들은

꽃길만 걷게 할 거야.

두고 봐.

꼭 그렇게 할 거야!

2. 아빠의 기도

아빠는 밤마다
달님에게 기도한다.
-내 새끼들은
 서로 사이가 좋기를!

동이 트면
해님 보며 기도한다.
-내 새끼들은
 누구보다 성실하기를!

바람 부는 날엔
들판에 서서 기도한다.
-내 새끼들은

각자의 재주를 맘껏 발휘하기를!

푸른 하늘을 우러러

성심으로 기도한다.

-내 새끼들은

넓은 세상을 훨훨 날기를!

3. 껍질을 깨다

톡,

톡톡,

아직 눈도 못 뜬 병아리가

토도독,

연약한 부리로

단단한 껍질을 쪼고 있다.

하루 종일

쉬다 쪼고, 쉬다 쪼고 다시 쪼더니

파삭, 깨졌다.

알!

벌어진 껍질 틈으로

헐떡헐떡
숨을 몰아쉬는 병아리들

껍질 깨기가
아무리 힘들어도
죽을힘을 다 한다.
누군가 대신 깨어주면
살 수 없다는 걸
알기 때문이다.

우리 삶에
대신이란 없다.

4. 나왔다, 병아리

삐약,
나왔다.
남준!

삐약삐약,
또 나왔다.
석진!

삐약삐약삐약,
모두 나왔다.
윤기!
호석!
지민!
태형!

정국!

헐떡헐떡
숨을 몰아쉬다가

깜짝
동그란 눈을 뜬다.

종일 굶어가며
젖은 털을 말린다.

뽀송뽀송 말려야
걷고
뛰고
날 수 있다.

부지런히 말리자,
젖은 털!

5. 노란 병아리 일곱이

뜰을 헤치고 다닌다.

종종 걷다

넘어지고

폴짝 뛰다

자빠지고

훌쩍 뛰어넘다

뒹굴어도

금세 일어선다.

콕콕

물을 쪼고

콕콕콕

먹이를 쪼며

파란하늘을 우러른다.

언젠가
달릴 테야!
언젠가는
날아야지!

다짐하며
커다란 꿈을 그린다.
보랏빛 희망을 노래한다.

6. 병아리 먹이

막 태어났을 땐
좁쌀이 좋다.
큰 건 못 넘기니까.

조금 자라면
쌀알도
보리쌀도 먹는다.

더 자라면
콩도 팥도 먹고
지렁이도 꿀떡
굼벵이도 덥석

-잘 먹고

빨리 자라서

빌보드 가야지.

웸블리도 먹어야지.

세계 1등은

정말,

정말 맛있을 거야.

7. 아빠의 가르침

솜털 뽀송뽀송한
병아리 일곱
세상경험 처음이니
다툴 일도 많았다.
-왜 내 걸 만져?
-그쪽으로 가지 마.
-이건 아니잖아.

싸울 때마다
쪼르르 달려가 고자질 했지만
방시혁 아빠의 답은
넓고 큰 바위처럼 묵직했다.
-싸움은 둘이 했어도
 해결은 다 함께 해라.

일곱 병아리는
머리를 맞대고
서로의 입장을 살폈다.
-별 것도 아니었네.
 한 발 물러서니 좋구나.
 조금 참으니 모두가 편한 걸.

모든 것은
스스로 깨닫는 게
최선이라는
아빠의 가르침 덕택에
그들은 뭉쳤다.
그리고 달렸다.
넓은 벌판을 향해서!

8. 병아리들의 집

작은 집에서
옹기종기
병아리 일곱은
사이도 좋다.

빌라 단칸방에
이층침대 놓았으니
좁았을까?
너무 좁았지!

빨래 널 곳 없어
침대에도 걸고
창문에도 걸고

둘이 함께
지나갈 수 없어
침대에
몸 착 붙이고
하나가 지나가길
기다렸다.

그래도 웃었다.
사이좋게 지냈다.

아빠의 가르침이
좁아도
넓고
낮아도
높다는 걸
알려줬으니까.

9. 요술거울이 있었다면

그들은 미래를 모르니
때때로 불안했을 터
함께 부여안고
울기도 하고 실망도 했을 터

서로를 다독이며
꿈과 희망을 키웠을 터
오직 앞만 보고 달리자고
서로를 채찍질 했을 터

만약 그들에게
백설공주 새엄마의 요술거울이 있다면
매일 이렇게 물었겠지?
-거울아, 거울아.

데뷔 후에 우린 어떻게 되니?
거울은 이렇게 답했을 거야.
-걱정 말아요, 그대!
 넓은 세상 훨훨 날아다닐 거예요.

근데 정말 요술거울이 있었다면
병아리들은 어떻게 자랐을까?
지금쯤 세상을
훨훨 잘 날고 있을까?

글쎄!
그을…쎄!

10. 열려라, 참깨

병아리들이

노래만 했을까?

아니!

춤만 췄을까?

아니!

세상에 알리려고

열심히 바위 문도 두드렸지.

-열려라, 참깨

-열릴 거야, 참깨

단단한 바위 문을,

아니 자판을

수도 없이 두드리며

자기들 생활을

SNS에 공개했지.

팬들과 소통했지.

더하지도

빼지도 않고

진심을 다 해서

진솔하게

그렇게 했지!

11. 이름을 갖다

노랑 솜털 휘날리며
주변을 맴도는 병아리들을
한 걸음씩 떼어놨다,
아빠는!
-세상 살아가긴 힘들어.
 무엇이든 스스로 해결하렴.

영리한 병아리들이 똘똘 뭉쳤다.
-이름부터 짓자.
 뭐가 좋을까?
머리를 맞대고 의논했다.
-음악적 편견부터 없애자.
-총알을 막아내듯

모든 편견과 억압을 막아내자.

-좋아,

우리는 방탄소년단이다!

이름이 생기니

자신감도 생기고

자신감이 생기니

날갯짓을 시작했다.

날자,

높이!

오르자,

더 높이!

12. 안녕하십니까? 방탄소년단입니다

2013년 6월13일,

방탄이 세상으로 나왔다.

기회마다 깍듯이 90도 인사하며

큰소리로 외쳤다.

-안녕하십니까? 방탄소년단입니다.

비슷한 병아리도 많고

사나운 늑대도 많고

눈보라도 심하게 몰아치는

허허벌판에 서서도

그들은 힘차게 외쳤다.

-안녕하십니까? 방탄소년단입니다!

13. 어이, 딴지 박사

데뷔를 하니

꽃길이 열렸을까?

아니!

비단길이 기다렸을까?

천만에!

세상에 딴지박사는

왜 그렇게 많은 거야?

-이름이 꼴값이다.

-하나같이 다 못 생겼다.

-쟤들도 금방 사라질 걸?

-하나도 특색 없네.

어이, 딴지박사들아.

너희는 혀에 가시가 돋았냐?

-이름 독특해서 외우기 쉽네.

-하나같이 다 귀엽다.

-쟤들은 오래 갈 것 같아.

-칼군무가 특색 있네.

이렇게 답 글 달면

입 안에

뾰루지라도 돋니?

쯧쯧!

14. 아미의 진격

2013년 7월 9일,

공식 팬 카페에서 투표를 했다.

팬클럽 이름을 무엇으로 할까?

ARMY!

방탄은 총알을 막아내고

팬들은 방탄을 수호하는 군대,

아미다!

방탄과 아미는

실과 바늘

언제 어디서나 함께 한다.

아미가

방탄, 방탄, 방탄을 외치면

방탄은

아미, 아미, 아미를 부른다.

방탄이 부르면

아미는

무조건 진격이다!

15. 중닭이 되어간다

종종종 걸음치고

폴짝폴짝 뛰면서도

묵묵히 걸었다.

또박또박

뚜벅뚜벅

앞만 보고 걷다보니

드디어 도착!!!

2015년 5월5일 더 쇼에서

I need you (아이 니드 유)가

첫 1위!

아직은 가슴에

큰 이름표를 달고 연습했지만

아미들은 환호했다.

-I need you girl

-방탄!

-왜 혼자 사랑하고 혼자서만 이별해.

-방탄!

-I need you girl

-방탄!

-왜 다칠 걸 알면서 자꾸 네가 필요해.

-방탄! 방탄! 방탄!!

16. 달려라, 방탄

더 쇼에서

첫 1위를 한 방탄의 소감

-얼떨떨해서 말을 할 수가 없어요.

고마워요, 아미!

아미들은 목청껏 외쳤다.

방탄! 방탄!! 방탄!!!

덕택에 2017년 11월19일

멜론뮤직 어워드에서 첫 대상

전날 마마인 홍콩에서 올해의 가수상

빌보드 뮤직 어워드에도 참석

이제 그들은

중닭이 되어가지만

더 먹고 더 자라야 한다.

빨리 커라,

방탄!!!

17. 홉의 눈물은 방탄의 역사

2018 MAMA 시상식장에서

사회자가 올해의 가수상을 호명했다.

-올해의 가수상에 방탄소년단!

탄이들이 벌떡 일어나 외쳤다.

-아미!

홉이 트로피를 들고 소감을 말했다.

-최고의 무대, 실수하지 않는 모습을 보이려고

무대 올라오기 전에 정말 최선을 다 했어요.

호비는 잠시 웃더니 말잇못!

애써 웃으려했지만 눈물이 줄줄

-저는 이 상을 받았어도 울고

안 받았어도 울었을 거예요.

너무 많은 고생을 했고

너무 많은 사랑을 받았기 때문에

꼭 보답하고 싶었거든요.

호비의 서러운 눈물 안에는

그동안 들었던 비난이 들어있다.

-쟤들도 금방 사라질 거야.

탄이들의 걱정과 근심도 들어있다.

-이대로 해체해야 할까?

홉의 눈물은 이 모두를 이겨낸

'성공' 스토리이다. 방탄의 길은

'역사' 다!

18. 지민과 제이홉의 찰떡궁합

-마샬아츠라니, 방탄이 그런 것도 해?
격투기 선수인 삼촌이 노트북으로
we are bulletproof를 찾았다.

까만 양복에 흰 와이셔츠,
까만 넥타이를 맨 탄이들이
칼군무를 추다가 멈춤!

순간, 홉이 앞으로 나오더니
다리를 잡은 채 뒤로 벌렁 누웠다.
동시에 지민이 제비처럼 날아올라
홉이 누운 거리만큼 휙
아크로바틱으로 뛰어넘어 착지!
어, 뭐지?

뭐긴!

지민과 호비의 마샬아츠 퍼포먼스지.

우리는 기적의 주접력을 계속 돌려보면서

한 사람 동작이 1초라도 어긋났다면

어떻게 됐을까 생각하며

컥, 숨멎

지민과 호비의

찰떡궁합에

음,

숨멎!

19. 탄이들의 피땀눈물

탄이들이 무대에서
파워풀한 퍼포먼스와 칼군무를
다섯 곡 연속으로 선보인 후
불이 꺼졌다.

그들은 땀범벅이 된 채
헉헉 숨을 몰아쉬며
서로 몸을 지탱하고 서있었다.

셔츠가 땀에 푹 젖은 채
다리가 풀려 휘청거리다가도
엔딩 불빛이 들어오자
얼른 몸을 꼿꼿이 세웠다.

함박웃음을 띄고
아미들을 향해 손을 흔들며
우렁차게 말했다.
-아미가 자랑스럽습니다.
 몸이 부서져도 괜찮습니다.
 덕택에 행복합니다.

탄이들의
피,
땀,
눈물을 본 아미들 가슴에도
피,
땀,
눈물이 줄줄 흘렀다.

20. 어우, 되다

두 시간 반의 무대가 끝나자

정국이 무심코 뱉은 말

-어우, 되다.

두 번이나 되풀이한 그 말

-어우, 되다.

우린 그 말을

피라 쓰고 땀이라 읽는다.

땀이라 쓰고

눈물이라 읽는다.

황금막내 정국의 피땀눈물엔

그가 한 말이 담겨있다.

-아미가 많든 적든

 무대가 크던 작던

 그게 마지막인 것처럼 하자는 생각에

 몸이 부서져라 합니다.

21. 사랑스런 민슈가의 말

-어려서부터 랩이 좋아 서울로 왔어요.
돈 벌려고 밤에 오토바이 배달을 하다가
사고로 어깨를 다쳤어요.

-꿈을 이룰 수 있을까?
이 아픔을 참아낼 이유가 있을까?
하는 생각도 들었지만
랩이 좋으니 무조건 즐기기로 했어요.
즐기다보니 꿈을 이루게 됐어요.

-여러분도 즐기세요.
즐기다보면 욕심이 날 거예요.
욕심이 나면
자연스럽게 성장하는 자신을 볼 거예요.

-문신을 하지 않는 이유는
나중에 남 돕는 일을 하고 싶은데
그들이 무섭다고 거부감 갖을까 봐요.

-백 마디 말과 설명보다
단순하게 한 번 안아주는 게
더 큰 위로가 될 때가 있어요.
머리가 너무 복잡해서 미칠 것 같으면
가장 단순하게 생각하도록
관점을 바꿔보세요.

이러니 우리가
어떻게
어떻게
아,
어떻게
민슈가를
사랑하지 않을 수 있겠니?

22. 뷔, 천상의 목소리

하늘나라에서
천사가 노래를 부르면
울던 아기들이 뚝 그친다지?

천사가 목이 아파
노래를 못하면 어쩌나 걱정돼서
지구로 목소리를 보냈는데
그걸 뷔가 받았다지?

그래서 아기들이 울다가도
뷔의 윈터베어를 들으면
스르르 잠이 들고
풍경을 들으면
방글방글 웃으며

네 시를 들으면
이유식을 먹는다지?

그래서 아가도 엄마도
모두 행복하다니
틀림없이 방탄 덕이지?

23. 지민은 호랑나비

MAMA 시상식 무대에서 지민이
빨간 안대를 쓴 채
공중에서 휙 두 바퀴를 돌더니
정확히 정면을 향해 섰다.

그걸 보고 현우와 민주가 팽팽히 맞섰다.
-앞이 보이는 망사 안대를 쓴 거야.
-아냐, 그냥 빨간 천이야.
-눈 가리고 공중에서 두 바퀴나 돌았어.
 정면으로 서는 게 가능해?
-지민오빠면 충분해.

이틀 후, 그 동영상에 답글이 달렸다.

-내가 무대 코앞에서 봤는데요,
 한 사람은 안대 쓴 사람 손을 꼭 잡고 올라와
 자리를 잡더니
 뭐라뭐라 말을 하고나서
 반대쪽으로 뛰어가 선을 맞춰 섰어요.
 나중에 보니 지민과 제이홉이었어요.

답글을 읽던 현우가 호들갑을 떨었다.
-지민은 나비야, 나비.
 전생에 틀림없이 호랑나비였을 거야.

하지만 민주는 현우 이마를 딱! 쳤다.
현우는 자기가 틀리면
딱밤을 맞겠다고 큰소리 쳤거든.

24. 어쩔 뻔했어?

열다섯 살 정국이

슈퍼스타에서 탈락했을 때

될성부른 나무를 알아 본

다섯 개 기획사가 명함을 줬는데

처음 간 곳이 빅히트였대.

만약 정국이 다른 곳엘 먼저 갔다면

어후, 어쩔 뻔했어?

빅히트 연습실에 갔더니

RM이 춤추며 연습하는데

그 모습이 너무 멋져 빅히트에 남았대.

만약 그때 RM이 쉬고 있었다면

어후, 어쩔 뻔했어?

정국이 춤을 배우기 위해
미국으로 연수를 갔는데
돌아와서 백댄서가 되겠다는 걸
지민이 아이스크림 사줘가며 말렸대.
만약 그때 말 안 듣고 고집 부렸다면
어후, 어쩔 뻔했어?

정국 없는 방탄
상상이 돼?
절대 안 되지?
당연히
안 되지!

25. 갓석진

상대가 웃을 때 더 행복하다는
석진은 경호원에게도 스텝에게도
공항승무원에게도 후배가수에게도
90도 폴더인사를 한다.

무대에서는
이리저리 돌아다니는 동생들이
가야할 곳을 벗어나거나
길을 잃으면
뒤에서 조용히 나타나 옷깃을 잡고
제 갈 길로 안내한다.

탄이들의 맏형 석진이는

우리들의 석진,

믿음직한

갓 석 진!!!

26. 삼인삼색 랩 삼총사

남준

조곤조곤 느낌 있게 사실만 말하는데

철학적으로 논리 있게 심장을 파고든다.

괜찮으냐 묻고 위로하며 희망적 팩트를 날린다.

난 클래식하게 말하니까 싫으면 듣지 마,

쿨 하게 말하는 것 같지만 맘이 따뜻해진다.

호석

해맑게 까불대며 신나게 달리면서

히죽히죽 살인미소로 깐죽거리는데

엔돌핀이 팍팍 돈다.

조용히 해, 넌 못하잖아 하며 실실 웃지만

내 가슴은 심쿵! 대학살을 당한다.

윤기

닥쳐! 네가 뭔데? 그래서 어쩌라고?

내 랩을 모르면 듣고 외워,

하며 시원시원 무섭게 때린다.

대놓고 쳐들어 와 판까지 갈아엎지만

가슴이 뻥, 뻥 뚫린다.

결론

삼인삼색이 제 각각 잘났다.

무슨 소리냐고?

궁금하면 들어 봐.

그럼 알게 돼.

27. 방탄이 만든 전설

RM이 UN연설에서 말했다.

- 젊은이여, 한 걸음 더 나아가자.

 나를 사랑한다 말하자.

 나 스스로에 대해 말하자.

 자신의 이름과 목소리를 찾자.

 세계 구성원으로써 내 몫을 해내자.

그 말에 많은 사람들이 반응했다.

-너무 힘들어 포기하고 싶을 때

 방탄을 만나 힘을 얻었어요.

-우리 아이가 방탄 만나더니

 학교 잘 가고 공부도 열심히 해요.

-직장에서 싫으면 싫다, 좋으면 좋다

내 목소리를 냈더니

상사가 아이디어 좋다고 칭찬했어요.

방탄이 만든 또 하나의 전설,

LOVE MY SELF!

그래. 나도

나를 전설로 만들어 가겠다.

우리도

우리의 전설을 만들어 가자.

28. 말 좀 해 보세요

김남준, 김석진, 민윤기, 정호석
박지민, 김태형, 전정국은 들으세요.

방탄이 수상자로 불리우면
벌떡 일어나 함께
어깨동무하고 펄쩍펄쩍 뛰는데
아니, 남자들끼리 그렇게 좋아요?

무대에서도 서로 눈 마주치면
웃고 실수도 얼른 덮어주며
누가 울면 함께 안고 다독이는데
아니, 무슨 남자들이
그렇게 사이가 좋아요?

이제 훌쩍 컸으니

따로따로 살아도 되련만

남자 일곱이

같은 집에 떼지어 살면서도

아니, 싸움 한 번 없다니

말 좀 해 보세요!

탄이들은 다

전생에 천사였어요?

29. 웸블리가 별이야?

아빠가 동영상을 보며 말했다.

-방탄이 웸블리에 가는구나.

동생이 궁금한 얼굴로 물었다.

-아빠, 웸블리가 별이야?

-암, 별이고말고.

최고 중에 최고의 스타들만 갈 수 있는 곳이니

지구 안에 있는 거대한 별이지.

중딩 형이 으스대며 말했다.

-방탄은 충분 해.

미국 음악전문매체인 빌보드 차트에서

세 차례나 계속 1등 했잖아.

며칠 후 우리 식구들은

동영상으로 방탄의 웸블리 공연을 봤다.

영국아미들의 우리말 떼창을 보며

할머니가 눈물을 글썽이셨다.

-런던에서 우리말이 울려 퍼지다니

정말 자랑스럽구나.

동생이 쌍으로 엄지 척을 했다.

-할머니,

방탄은 넘사벽이야!

세계 최고잖아.

30. 치킨누들스프

-닭 든 칼국수

닭 든 칼국수

동영상을 보던 꼬마가

두 팔을 퍼득거리며

낯선 노래를 했다.

할아버지가

어깨너머로 동영상을 보다가

푸하하하하

웃음을 터트렸다.

닭 칼국수 좋아하는 꼬마가

홉의 치킨누들스프를 리듬에 맞춰

닭 든 칼국수로 개사한 게

꽤나 신통했나 보다.

홉의 춤을 따라하는

세계 사람들의 동영상을 보며

우린 다함께 흥얼거렸다.

- 치킨누들스프

- 치킨누들스프

덕택에 오늘

우리 집 저녁 메뉴는

닭 든 칼국수가 될 것 같다.

31. 닭이 외치다

닭은

닭장을 벗어나 숲으로 갔다.

바다도 가고 하늘도 날았다.

-엄마,

나 빌보드 먹었어.

웸블리도 갔어.

세계 최초로

사우디아라비아도 갔어.

-'할 수 없다' 를

'할 수 있다' 로 바꾸니

하늘이 내려와

우릴 안고 올라갔어.

꼬끼오, 꾸꾸

꼬꼬꼬꼬, 꾸끼요오!

32. 이제 말 할 수 있다

병아리에서 수탉이 되기까지

주마등처럼 떠오르는 생각들에 대해

RM이 말했다.

-태형의 꼬질꼬질한 옷도

 정국이 사슴 같은 눈으로 다가와

 '형'하고 부른 것도

 슈가형, 진형이 너무 잘생겨서

 멋있다고 생각한 것도

 지민이랑 한강에서 자전거 탄 것도

 홉이 회색 패딩 입고

TV 앞에 쪼그리고 앉았던 것도 생각나요.

-데뷔할 때 엄청 무서웠어요.

망할까 봐. 사람들이 싫어할까 봐.

이렇게 하면 사람들이 좋아해 줄까?

저렇게 해도 싫어하면 어쩌지?

-저는 안고 갈 거예요.

그런 기억들 잊고 싶지 않아요.

앞으로도 분명 아픔이 있을 거예요.

아프지만 아프지 않고

슬프지만 슬프지 않고

두렵지만 두렵지 않을 것입니다.

우리는 방탄이니까요!

우리 옆엔 아미,

아미가 있으니까요!

아미 편

*아미들

자, 이제 방탄 2막 커튼콜 시간이다.

아미 필콜 ㅉㅉ;;

1. 그리스 아미 덕에

그리스에서 포세이돈 신전을 보고 있는데
갑자기 학생들이 달려와 큰소리로 물었다.
- Where are you from?
- Korea!

코리아 소리를 듣자마자 그들은
'아악!' 소리치며 방방 뛰었다.
신전이 무너지면 어쩌나 걱정될 정도로
쿵쿵 바닥을 구르며 길길이 뛰었다.

Do you know Korea? 하고 물었더니
그들은 천둥 같은 소리로 떼창을 했다.
-BTS! BTS! BTS! BTS! BTS! BTS! BTS!

귀국 후 우리는 그때 찍은 사진을 보며

싱글벙글, 매일매일

방탄 동영상을 보며

싱글벙글, 그러다 입덕했다.

우리는 70세

할머니 아미!

2. 삼촌 미워

찬수가 교실로 들어서며
큰소리로 떠들었다.

-얘들아,
조지아로 여행간 삼촌이
버스에서 대학생 누나를 만났는데
우리말로 떠듬떠듬 말하더래.

-나는 방탄 나라 가는 게 꿈이에요.
1년 째 한국말 배우고 있어요.
내년에 꼭 한국 가고 싶어요.

-얏호!

환호하던 아이들이

내년에 조지아 아미가 오면

환영파티 하자며 좋아했다.

근데 어쩌면 좋아?

삼촌이 연락처를 안 주고

그냥 오셨다지 뭐야.

삼촌 미워!

정말 미워!!!

3. 달님도 아미

달님이 구름에 가려 졸고 있는데
갑자기 폭풍소리가 들려왔다.
- 뭐지?

소리 나는 곳을 보니
미국 LA 로즈볼 스타디움이다.
- 왜 미국에서 한국 노래가 들려?
옆에 있던 샛별이 호호 웃으며 말했다.
- BTS가 공연하고 있어.

달님이 무대를 유심히 봤다.
훤칠한 한국의 일곱 청년이
칼군무를 추면서 노래하는데

숨소리 하나 안 흐트러졌다.

덩달아 숨소리 죽이며 내려다보던

달님이

공연이 끝나자마자 외쳤다.

-BTS 만세!

흠, 이제 달님도

공식 아미가 된 거지?

4. 덩어리 채 좋아

-달님,

BTS 멤버 중

누가 제일 좋아요?

-넌

엄마, 아빠

할머니, 할아버지

이모, 삼촌 중

누가 제일 좋지?

-음,

다 좋아요.

- 나도 그래.

무조건 좋아.

몽땅 좋아.

방탄은

덩어리 채 다 좋아.

5. 내 나이가 어때서

할아버지가 요즘
눈이 침침해서
병원에 다니신다.

눈앞에서
까만 날파리가 자꾸 날아다닌다며
루테인이 많이 든
눈 보호 약도 드신다.

아빠는 그걸 알고
벌컥 화를 냈다.

-방탄 좀 그만 봐요.

아버지 연세가 몇 인데

쉬지도 않고 동영상을 보세요?

이번엔 할아버지가

벌컥 화를 냈다.

-내 나이가 어때서?

할아버지는 올해

일흔 다섯!

마음은 청년인

할아버지 아미!

6. 달님은 돌아오라

해님이 달님에게

시비를 걸었다.

- 이봐요, 달님.

  BTS 공연은 왜 혼자만 봐요?

  오늘은 나에게 양보하세요.

그리고는

팔짱 턱 끼고 앉아

서쪽으로 갈 생각을 안 하니

달님이 나올 수가 없다.

밤이 안 오니

지구에선 난리가 났다.

-해님 물러가라.
 달님은 돌아오라.
 우린 BTS 공연을 봐야한다.

아미들이 떼로 아우성치자
해님도 어쩔 수 없었는지
슬그머니 서쪽으로 가며 말했다.

-좋아.
 난 동영상으로 볼 테다.
 흥!

7. 왜 낮달이 됐냐고?

-달님,
 요즘 왜 자꾸 낮에 나와요?
해님이 화난 소리로 말했다.

-미안해요. 밤새 일이 있어서……
달님이 민망한 듯 중얼거렸다.

-나라마다 몇 만 명씩 모여
 밤새 BTS! BTS! BTS! 소리치니
 내가 어떻게 자?

 시카고 솔저필드에서
 뉴저지 메트라이프 스타디움에서도
 귀청이 찢어져라 BTS를 외치잖아.

휴우,
이제 끝났나 했더니
웬걸?

브라질 상파울로에서
영국 런던 웸블리 스타디움에서
프랑스 파리 스타드 드 프랑스에서도
BTS! BTS! BTS! BTS! BTS! BTS! BTS!

나도 아미들과 함께
BTS를 외치다 그만
서쪽으로 가는 걸
깜빡했지.
지각했지.
낮달 됐지.
그러니 어쩌라고?

8. 꽃들의 보라해

봄꽃들이 제비꽃만 보면 삐죽거렸다.
노란 개나리는 보기 싫다고 돌아앉고
분홍 진달래는 눈을 흘겼다.
하얀 목련꽃도 투덜거렸다.
-왜 아미들은 보라해만 외쳐?

제비꽃이 그제서야 알았다.
-내가 보라색이라 왕따였구나!

그래서 아미들에게
왜 자꾸 보라해를 외치는지 물었더니
갈래머리 초딩 아미가
방글방글 웃으며 설명했다.

-보라해는
 사랑해, 미안해, 고마워, 괜찮아를
 모두 합친 말이야.

제비꽃은
그 장면을 동영상으로 찍어서
얼른 꽃들에게 전송했다.

그때부터 꽃들은 서로 만날 때마다
보라해! 보라해! 하고 외쳤다.
보라해가 그렇게 좋은 말인데
왜 진작 몰랐을까 하면서
제비꽃에게 미안해했다.

9. 우리는 참새 아미

해가 설핏 기울자
참새들이 은행나무로 모여들었다.
-방탄이 장기 휴가를 시작했대.
-왜?
-진이 다리가 아프대.

깜짝 놀란 참새들이
우르르 정자나무로 날아갔다.

꽃님이와 친구들이 그늘에 앉아
동영상을 보고 있는데
공연이 끝난 후 진이가
자꾸 다리를 만지는 장면이 보였다.

-많이 아픈가 봐. 어떡하지?

-위문 가자.

-언제?

-토요일!

-아냐, 일요일도 좋아.

어느 주말에

탄이들 소속사로 가면

가로수에 무더기로 내려앉아

'짹짹짹 짹째그르르르 째그르르'

큰소리로 진을 위로하는

참새아미들을 만날 수 있겠지?

10. 달나라엔 언제 오나요?

우리 대통령이
한국과 노르웨이 수교 60주년을 맞아
노르웨이를 방문하셨는데
하랄5세 국왕께서
국빈만찬에 참석한 우리 대통령께
방탄은 언제 노르웨이에서
공연할 거냐고 물으셨다.

참석하신 분들이 모두
손뼉 치며 즐거워하는데
누군가 창문을 '똑똑' 두들겼다.

얼른 달려가 문을 여니

달님이 고개를 빼꼼 내밀며 물었다.

-방탄은

언제 달나라에 오나요?

11. 그냥 좋아

점심을 먹으며

내 짝에게 물었다.

- 너 아미지?

- 응.

- 누가 제일 좋아?

- 슈가!

- 왜?

내 짝이 숟가락을 든 채로

나에게 물었어.

- 넌

  무지개 중에 무슨 색이 제일 좋아?

- 노랑색

- 왜?

- 그냥, 노랑색이니까.

- 나도 그래.

  그냥 슈가라 좋아.

내 짝이 내 수저 위에

반찬을 놓아주며 말했어.

- 너도 입덕 할래?

12. 뷔와 결혼하는 거

어느 날 오빠별이
가슴에 브로치를 달고 나타났다.
나무판 팔레트에
여러 색 물감을 짜놓은 모양의
브로치를 보고 동생별이 물었다.
-그건 뭐야?
-지구에서 샀어.
-어떻게 알았어?
-뷔가 달고 왔어.

갑자기 동생별이 아양을 떨었다.
- 오빠 최애는 정국이지?
  난
  진짜, 진짜, 진짜 뷔의 팬이니까
  그거 나 줘.
  응? 나 줘!

누나별이 얼른 동영상을 찾았다.

-영국의 무명작가 케이트 로렌드는
생애 가장 큰 행운을 만났다면서
뷔가 브로치를 산 6월11일을 기념일로 정해
독립예술인을 돕겠다고 발표했다.

갑자기 아기별이 앙앙 울었다.

-뷔 오빠 미워.

-왜?

-왜 나에겐 행운을 안 줘?

누나별과 오빠별이 동시에 물었다.

-어떤 행운을 받고 싶은데?

동생별이 생글생글 웃으며 답했다.

-뷔와 결혼하는 거!

13. 까치가 말했다

까치가 먹이를 찾아 나섰다가
길 위에 떨어진 빵조각을 봤다.
막 먹으려는데
자동차가 휙 지나갔다. 이크.

주렁주렁 열린 사과를 보고
가지에 앉아
막 먹으려는데
장대가 날아왔다. 아얏!

나뭇잎 사이에 있는 애벌레를 보고
이파리를 제쳐 가며
막 먹으려는데

독수리가 발톱을 세우며 달려들었다. 휴우!

까치는 날개로 자신을 감싸며 말했어.

-힘들지만 괜찮아.

진이 말했어.

나의 수고는 나만 알면 된다고!

RM도 말했어.

나 자신을 사랑하라고!

14. 뉴욕 기사님도 엄지 척

어둠이 내려앉은 뉴욕 타임스퀘어 앞에는
낮부터 모여든 수많은 사람들이
건물 외벽의 전광판을 보고 있었다.
도로를 꽉 메운 사람들을 보고
지나가던 버스 기사님이 깜짝 놀랐다.

광고시간 10초 전,
사람들이 목이 터져라 카운트를 시작했다.
10, 9, 8, 7, 6, 5, 4, 3, 2, 1
0을 외치자 새로운 광고가 시작됐다.

동시에 천둥 같은 소리가 들렸다.
BTS! BTS! BTS! BTS! BTS! BTS! BTS!

전광판에선

방탄의 자동차 광고가 흐르고 있었다.

신호등을 받으려고 서 있던 운전자들이

깜짝 놀라 전광판을 보더니

씨익 웃으며

엄지 척!

날아가던 비둘기도

날개 척!!

지나가던 바람도

옷깃 척!!!

15. 이모의 아들들

이모는

일곱 명의 아들이 있다고 했다.

눈에 넣어도 안 아플

내 새끼들이란다.

그 말에 할머니는

이모 등짝을 철썩 때렸다.

-미쳤니?

 결혼도 안 한 아이가 아들이라니.

그래도 이모는 눈 하나 깜짝 안 한다.

내 새끼들 위해 쓰는 돈은

아깝지 않다며

사방을 방탄 사진으로 도배하고
굿즈도 진열한다.

이모는
방탄이 데뷔 때부터 팬이었고
방탄이 커가는 걸 지켜봤으니
모두 자기 새끼란다.

방탄에겐
동생, 삼촌, 엄마, 아빠, 할머니, 할아버지가
밤하늘 별들보다 많을 것 같다.

16. RM 숲1호

-엄마, 시내로 이사 가자.
동생 곤줄박이가 조르기 시작했다.
그저께도 조르고, 어제도 조르더니
오늘은 형도 누나도 함께 조른다.

엄마 곤줄박이는 정말 이상했다.
아이들은 시내가 복잡해서 머리가 아프다며
숲 속 생활을 더 좋아했는데
갑자기 왜?

엄마가
아이들에게 물었다.
-시내 어디로 가고 싶니?

형제들이 일시에 합창을 했다.

-RM숲으로요.

-서울에 그런 숲도 있니?

-RM팬들이 생일축하 선물로 조성했어요.

-무슨 나무를 심었는데?

-조팝나무요!

-어머, 어머, 어머, 정말?

엄마는 얼른 이삿짐을 싸기 시작했다.

-얘들아, 빨리 가자.

조팝나무 꽃이 하얗게 피면 얼마나 예쁘겠니?

아이들이 엄마 날개를 잡으며 말렸다.

-RM 생일은 9월12일이니

조팝꽃을 보려면

내년 봄까지 기다려야 해요, 엄마!

17. 별들의 항의

어느 날 꼬마별이 말했다.
-염소자리에
 December sunshine이란 별이 있죠?
 그 별이 또 하나의 이름을 가졌대요.

다른 별들이 깜짝 놀라 물었다.
-두 번째 이름은 뭔데?
꼬마별이 으스대며 말했다.
-이름이 좀 길어요.
 '내 몸에 빛나는 태형, 12월의 햇살'이래요.

그 말에 은하수 별들이 난리를 쳤다.
-나는 뷔의 성덕이야.
 누구 맘대로 태형을 막 붙여?

-우리의 최애 태형이름을 도용하다니.
-반칙이야. 당장 포기 해.

듣고 있던 달님이 조용히 말했다.
-따지고 싶으면
 영국과 베트남 아미들한테 하세요.
 그들이 뷔의 생일에 선물한 거니까.

그러자 별들이 단체로 소리쳤다.
-지구 아미들은 각성하라.
 우리도 방탄이름을 갖고 싶다.
 왜 하필이면 염소자리인지
 이유를 밝혀라!

이번엔 샛별이 나섰다.

-뷔의 생일은 12월30일, 염소자리예요.

할 말이 없어진 별들이 수근 거렸다.

-흥, 지구아미들은 극성이야.

-칫, 뷔를 위해선 별도 따다 주겠네.

-'내 몸에 빛나는 태형, 12월의 햇살'

지구아미들이 지켜보고 있으니

더 환히, 더 밝게 빛나렴.

뷔를 위해 매일 기도도 하고 말이야.

18. 우주로 빛나는 아미 밤

깜깜한 밤에

오리온이 샛별에게 말했다.

-지구에

웬 보라색별이 저렇게 많죠?

한 곳에서 반짝이는

저 별은 뭐예요.

샛별이

몸을 흔들며 노래를 불렀다.

-저 별은 아미 밤

아미 밤은 응원 봉

방탄의 응원 봉

아미들이 흔드는

방콘의 상징

라라라, 라라라라

나는야 아미

그래서 주문했지.

지구에게 부탁했지.

아미 밤을 택배로 보내달라고

19. 달님표는 공짜

-달님,

영국 런던의 웸블리 스타디움에서 열린

방콘 보셨죠?

-당연하지.

하늘에서 보니 굉장하더라.

6만 명의 아미가 아미 밤을 휘두르며

한국어로 떼창을 하는데

아유, 굉장했어.

-공짜로 보셨죠?

표를 못 구해 밖에서

발을 동동 구른 사람도 많은데

달님은 왜 표를 안 사요?

-억울하니?
그럼 다음 생엔
너도 별로 태어나렴.
살아있을 때 방탄처럼 살면
후생에
별로 태어날 수도 있단다.

20. 별들의 질투

북두칠성의 일곱 개 별들이
자꾸자꾸 살을 찌우더니
크고 거대한 국자로 변해서
슬금슬금 지구로 다가왔다.

은하수 별들이 깜짝 놀라 물었다.
-어디 가요, 북두칠성님?
일곱 별들이 우물쭈물하는데
미자르 옆의 작은 별
'알코아'가 말했다.
-방탄 납치하러!

놀란 별들이 한꺼번에 소리쳤다.
-까치들의 오작교로 모셔 와도 부족한데

방탄을 감히 국자에 담아 와요?
-우주에서 추방당할래요?

북두칠성이 머리를 조아렸다.
-미안해요.
이슬로 비단길을 만들어 모셔올 게요.

그날부터 북두칠성이
별들 몸에 맺힌 이슬을 모으기 시작했지만
도저히 구할 수가 없었다.
은하수 별들이
약속이나 한 듯 한 방울도 안 줬으니까!

그걸 우린,
별들의 질투라고 한다.

21. 방탄의 특별공식

언니!

7-1=0이 맞아?

중딩 언니가

이런 것도 못 풀면

어떻게 해?

동생아!

방탄소년단 멤버는

7

그중에서 하나라도 빠지면

7-1

'방탄은 없다' 의

0이 되는 거야.

7-1=0은

아미들이 만든,

아미들만 풀 수 있는

특별공식이야.

방탄에겐

또 다른 공식도 있어.

꿈+노력=성공

진심+사랑=아미

방탄=아미

22. 세상에 하나 뿐인 방탄과 아미

소속사에서 탄이들의 휴가를 발표하자
세계 아미들이 발 빠르게 움직였다.
휴가를 휴가답게 보내도록 돕자며 약속했다.
 -만나도 달려가지 않기
  사진 찍지 않기
  사인 부탁하지 않기
  어디서 봤다고 소문내지 않기

타 팬들은 두고 보자며 코웃음을 쳤다.
보고 싶은 사람 만나면
달려가는 게 팬이니까.

하지만 탄이들이 해외로 국내로
여행지, 낚시터, 식당, 펜션도 다녔지만
정말 사진 한 장 안 올라왔다.

탄이들이 그곳을 떠난 후에야
짧게 글 올리는
세상에 하나 뿐인 방탄의 아미들!

아미가
김남준! 김석진! 민윤기! 정호석!
박지민! 김태형! 전정국! BTS!!!를 외치면

방탄은
아미!!
사랑해요, 아미!!!를 외치며

서로를 아끼고 사랑한다.
서로를 사랑하며 아낀다.

23. 결국 무승부

북두칠성이

먼저 싸움을 걸었다.

-방탄은 북두칠성이야.

 별이 일곱 개잖아.

무지개가

'흥' 콧방귀를 뀌었다.

-방탄은 무지개야.

 일곱 색깔이 뭉쳤거든.

달님이

북두칠성을 편들었다.

-북두칠성이 맞아.

방탄의 소우주에

별이

몇 번 나오는지 들어봤어?

해님이

무지개를 편들었다.

-무지개가 맞아.

방콘을 보고 말 해.

보라색이

얼마나 출렁이는지.

24. 타 팬의 쉴드 치기

방탄의 동영상에 타 팬이 글을 올렸다.

-우리 오빠들이 먼저 세계에 K-POP을 알렸어.
 그 덕에 방탄이 유명해진 거야.

타 팬의 쉴드에 아미들이 댓글을 달았다.

-그 오빠들도 유엔 연설했음?
 빌보드 1위 했음?
 타임지에 메인모델 섰음?
 기네스북에 올랐음?

-콘서트 보려고 텐트에서 며칠 자 봤음?
 몇 만 석 예매가 몇 십분 만에 끝나 봤음?
 몇 십만 원 하는 표도 다 팔려 봤음?
 암표가 몇 백 만원에 거래돼 봤음?

-아미 분들 열 받지 마셈.
우리는 우리끼리 행복하고
저들은 저들끼리 열 받으면 됨.
그런다고 방탄 인기 어디 안 감.

-우린 선한 영향력의 전달자, 아미!
비교질 하지 마셈.

타 팬은 할 말이 없는지 금세 사라졌다.
남의 집에서는 조용히 있다 가는 거라는
소중한 교훈을 남긴 채!

25. 유쾌한 협박

방탄의 소속사는 들으세요.

우리 탄이들 조금이라도 다치면

회사 어떻게 될 줄 아세요.

색색으로 바뀌는 탄이들 머리카락

나중에 탈모 안 되게

영양관리 듬뿍듬뿍 잘 해주세요.

어깨 아픈

슈가

무릎 아픈

진과 정국

온몸으로 춤추는

알엠, 제이홉, 지민, 뷔

그들은 로봇이 아니라 사람이에요.
펄쩍펄쩍 뛰는 안무 좀 줄여주세요.
언제까지 그렇게 공중을
'붕붕' 날게 할 셈이에요?

스케쥴 넉넉하게 잡아서
탄이들 좀 쉬게 해 주세요.
아시겼쥬?

26. 아빠가 대신 가

맏형 진이가 군대에 가야한다니까
한국 아미들이 두 패로 갈렸다.

-모범을 보이자, 다녀와라.
-빌보드뮤직 어 워드 1등은
 금메달과 같다. 입대를 면제하라.

그 후로 소연이는
매일 아빠를 조르고 있다.
-진이오빠 대신
 아빠가 군대 가.

처음엔 '허허허' 웃던 아빠가
혼잣말을 했다.

-군대 두 번 가긴 정말 싫지만
할 수만 있다면 진이 대신 가고 싶다.
일곱이 따로 가면 완전체 되기까지
십 년이 걸리지만
다함께 가면 1년 반인데!

하긴,
생각 깊은 탄이들이 군대에 다녀오면
경험치가 많아져서
노래가 더 깊어지긴 하겠지만…….

27. 19970901개의 송편

정국이
송편을 좋아한다는 동영상에
올라 온 댓글

-정국오빠에게
 송편
 19970901개 빚어주고 싶다.

오빠의 '생년월일' 수만큼
송편을 빚겠다는

아유,
이 귀엽고 사랑스런 아미를
어쩔거나?

28. 어린왕자의 장미꽃

어린왕자가 자기 별로 가려다가
함께 갈 사람을 찾았다.
빨간 장미를 자랑하려고……

사막여우가
한국의 방탄을 만나보라 했고
어린왕자는 방탄을 보자마자 반했다.
그렇지만, 음!
-나의 소행성 B612는 아주 작아서
 딱 한 사람만 초대할 수 있는데 누가 좋을까?

깊이 생각하던 왕자가
조금이라도 나은 사람을 찾으려고
일곱 멤버를 하나씩 저울에 달았다.
-얘들은 대체 뭐야?
 뭔데 눈금 하나 안 틀리고 똑같아?

노래 잘 해, 춤 잘 춰, 성실해, 예절 발라, 착해,
모두 잘 생겼어.

금발머리를 끌어안고 고민하던 왕자가
탄이들 대신 사진을 가져가기로 했다.
월요일엔 RM, 화요일 진, 수요일 슈가, 목요일 제이홉,
금요일 지민, 토요일 뷔, 일요일은 정국으로 정해놓고
돌아가며 장미꽃에게 방탄을 자랑하기로 맘먹었다.

자, 이제 고민은 우리에게로 왔다.
방탄을 사랑한 빨간 장미가 어느 날
보라색으로 변하면 어떡하지?

방콘 보고 싶으니 지구로 보내달라고
매일매일 왕자님을 조르면 그건 또 어떡하나?
정말 큰일이지?

29. 보라해의 끝판왕

방탄이 입국하는 날

경찰들은 바짝 긴장했다.

-팬들은 더 가까이 보려고 달려들 거야.

-취재진도 경쟁적으로 사진을 찍겠지.

-공항이 혼잡해지는 것도 걱정이지만

가장 중요한 건 멤버들 보호야.

관할 경찰서의 신신당부에

경찰과 안전요원들이 더욱 긴장했지만

갑자기 보라색 끈이 나타나더니

끈과 끈을 연결하여 두 줄로 서서

통로를 만들었다.

오, 아미들의 퍼플라인!!!

덕택에

경찰들은 할 일 없어 좋고,

팬들은 지나가는 탄이들을 잘 봐서 좋고,

탄이들은 안전하게 귀가하니 좋고!

이런 걸 우린

일석삼조

보라해의

'끝판왕'이라고 한다.

30. 어느 고딩 아미의 부탁

중1때 나는 땅만 보고 걸었다.
누구와 마주치면 고개를 숙이고 움츠렸는데
어느 날, 방탄을 알게 됐고
나는 매일 그들의 노래를 들었다.

특히 윤기의 랩을 듣다가
자신을 털어놓은 노래를 따라 부르니
그들도 나와 다르지 않다는 생각이 들었다.
모두가 형제 같이 느껴졌다.

방탄이 1위하더니 표정이 밝아졌다.
행복해 보였다.
- 나도 자존감을 찾아야겠다.
결심한 그날부터 어깨 펴고 앞을 보며 걸었다.

옷차림에도 신경 쓰고 생각도 많이 했다.
아미가 되자 새로운 친구들도 생겼다.

방탄이 빌보드에서 상 받는 날은
내가 더 행복했다.
마치 내 생일처럼 마음이 출렁거렸다.
나도 모르게 콧노래도 불렀다.
- 축하합니다, 축하합니다.
  당신의 수상을 축하합니다!

그 사이 나는 키가 18센티 자랐다.
내년엔 대학도 가야한다.
그동안 옆에 있어준 방탄이 고맙고 자랑스럽다.
꼭 대학에 붙어서 방탄을 다시 만날 테니
그동안 아미들이
힘껏 응원하고 잘 지켜주길 부탁한다.

31. 방탄에게 진주를

과학시간에 선생님이
바다 속 생물에 대해 말씀하셨다.

-진주조개의 보드라운 살 속으로
 모래알 하나가 들어가면
 바늘이 살을 파고드는 것처럼 아픕니다.
 조개는 그것을 참고 견디며 자신과 싸워요.
 모래알을 향해 온 힘을 다 해서 기를 뿜는데
 그때 나오는 분비물로 자꾸 모래알을 감싸요.
 그렇게 자기와 싸워서 이겼을 때 드디어
 영롱한 진주가 탄생합니다.

설명이 끝나고 영상으로
진주조개를 보는데

교실 문이 열리더니
거북이가 엉금엉금 들어와
자기 목에 걸고 있던
진주목걸이를 내밀며 말했다.

- 진주조개가 자기의 아픔과 인내를
  똑같이 경험한 사람에게 전해 달래요.

우린 동시에
책상을 두드리며 함성을 질렀다.
-김남준! 김석진! 민윤기! 정호석!
 박지민! 김태형! 전정국! BTS!!!

32. 그러게 방탄이지

-아빠,

막내라인 정국, 뷔, 지민 생일은

세계아미들이 대단하게 축하한대요.

형라인은 섭섭하지 않을까요?

-얘야,

우린 봄에 벚꽃놀이 가지?

활짝 핀 벚꽃 보고 좋아하지?

벚꽃은 뿌리, 줄기, 가지를 믿고

그렇게 활짝 피는 거란다.

뿌리, 줄기, 가지는

꽃을 더 아름답게 피워

좋은 열매를 맺겠다는 신념으로

최선을 다하지.

그걸 형도 알고

아우들도 아니까

서로를 아끼는 거야.

그러게 방탄이지!

33. 네가 선녀라면

선녀가 지상으로 내려와
깊은 산 속 맑은 물에서 목욕을 했다.

나무꾼은 얼른 선녀 옷을 감췄고
하늘로 올라가지 못한 선녀는
나무꾼과 결혼해서 아이 둘을 낳았다.

이젠 괜찮겠지, 안심한 나무꾼이
옷을 보여주며 고백하자
선녀는 얼른 옷을 입고
아이들을 안은 채 하늘나라로 갔다.

근데 말이야, 만약에

나무꾼이 방탄이라면 어땠을까?

네가 선녀고

나무꾼이 지민이라면?

네가 선녀고

나무꾼이 홉이라면?

그래도 아이들을 안고

홀랑

하늘로 올라갔을까?

34. 공짜는 없어

아기사자가 아빠를 따라서

왕복달리기를 했다, 벌써 몇 차례나.

아, 숨이 차서 가슴이 터질 것 같은데

아빠는 다시 절벽으로 데려갔다.

-여길 또 뛰어요?

아기가 털썩 주저앉았다.

아빠는 잠시

넓은 하늘과 들판을 보다가

동영상 하나를 보여줬다.

-와, 방탄이다!

정국이 공연 끝난 텅 빈 무대에서

혼자 남아 연습하네?

한참 동영상을 보던 아기가
벌떡 일어나 절벽 앞으로 갔어.
-동물의 왕이 될 거야.
 나도 할 수 있어.

아빠사자가 아기를 보며
흐뭇하게 웃었다.
-세상에 공짜는 없어.
 세계 1등은
 그냥 되는 게 아니야!

35. 꼭 뭔가를 주고 싶으면

방탄이 너무 좋아서

자꾸 뭔가 주고 싶어?

갖고 있는 게 신발뿐이라

얼른 벗어서 던지는 거야?

들고 있는 게 물병뿐이라

무작정 던지는 거지?

얼마나 오빠들이 좋으면

돈까지 던지겠어?

그런데 말이야,

우리 오빠들

신발 있어.

물도 있어.

돈도 많아.

꼭 뭔가를 주고 싶으면
사랑을 던져.
믿음을 던져.
그래도 부족하면
한 송이
보라색 꽃을 던지는 거,
그건 어때?

36. 방탄과 악플러

악플러들의 글
-방탄소년단에서 랩 하는데 못 생김
-아이돌로 데뷔하는 건 래퍼를 포기하는 거지?
-그들 노래를 힙합이라 할 수 있나? 전혀!
-방탄 랩 가사, 그것도 가사냐?

RM의 답
-증명하겠습니다.

민슈가의 답
-나는 악플을 안 본다, 많이 써라.
 회사는 고소하고 선처는 없다.
 모두 행복하니 더 써 달라.

그걸 본 아미들의 답
-ㅋㅋㅋㅋㅋㅋㅋㅋㅋㅋㅋ!

37. 남미 아미들의 응원법

브라질 상파울루 스타디움 근처에서

방콘을 기다리는 아미들에게

어디서 왔냐고 물었다.

-아르헨티나!

-칠레!

-페루!

방콘 보려고 브라질로 달려 온

남미 아미들의 응원법은

떼창이다.

그들은 공연 내내

전 곡을 한국어 떼창으로 달렸다.
한국인지 브라질인지 모를 만큼
랩 파트까지 완벽하게……

표를 못 사 밖에 있던 아미들도
들려오는 소리에 맞춰
떼창을 했다. 떼창에 맞춰
완벽하게 칼군무도 췄다.

남미의 정열 아미들은
어느 곳보다 먼저
방탄을 향해 달려가고 있었다.
뜨겁게, 환하게, 신나게, 행복하게!

38. 보라해요, 지구촌의 아미들

늘 방탄을 응원하고
늘 방탄을 지켜주며
늘 방탄에게 큰 힘이 되어 줘서

훗날 방탄을 위해
글로벌 연합으로 힘을 합쳐
뭔가를 한다면
우리도 열심히 참여할 게요.

선한 영향력의 나비효과가
지구 곳곳에 퍼지기를
기대하면서

보라해요.
지구촌의 아미들!!!

아름다운 사람들, 방탄과 아미

초판 발행 2023년 2월 10일
지은이 설용수
펴낸이 김복환
펴낸곳 도서출판 지식나무
등록번호 제301-2014-078호
주소 서울시 중구 수표로12길 24
전화 02-2264-2305(010-6732-6006)
팩스 02-2267-2833
이메일 booksesang@hanmail.net

ISBN 979-11-87170-49-5
값 10,000원